The Woodcutter and the Heavenly Maiden 선녀와 나무꾼

The Firedogs 불개

Adapted by Duance Vorhees & Mark Mueller
Illustrated by Mi-son Pak

 Hollym
Elizabeth, NJ·Seoul

The Woodcutter and the Heavenly Maiden

Once upon a time, a woodcutter lived with his mother in a small cottage.

One day when the woodcutter was in the mountains cutting wood, he sighed deeply and said to himself, "I wish I could marry and live a happy life like everyone else."

At that moment, the woodcutter heard a loud rustling in the bushes. He was so frightened. "That must be the sound of a beast," he thought.

When he turned and looked, he saw a deer running towards him. It was tired and out of breath.

선녀와 나무꾼

옛날 옛날, 작은 오두막에 나무꾼과 어머니가 살고 있었습니다.

어느 날 나무꾼은 산에서 나무를 하다가 한숨을 내쉬고는 중얼거렸습니다.

"나도 남들처럼 장가를 가서 재미있게 살아 봤으면……."

그때 덤불 사이에서 바스락거리는 소리가 들렸습니다.

"저건 짐승 소리 같은데……."

나무꾼이 놀라서 둘러보니, 사슴 한 마리가 숨을 헐떡이며 달려오고 있었습니다.

"P-p-please hide me. A hunter is chasing me," the deer, which was trembling with fear, begged. The woodcutter quickly hid the deer behind a pile of wood he had cut.

A moment later, a fierce-looking hunter with a shaggy beard came running up.

"Hello, there. Did a deer come by here?"

The woodcutter had to think quickly. "Yes," he told the hunter. "He just ran off that way."

The hunter dashed off in the direction the woodcutter pointed.

The woodcutter looked down at the deer and said, "You are safe now. The hunter is gone." The deer came out of the woodpile and thanked the woodcutter repeatedly for his kindness.

"저 좀 숨겨 주세요. 사냥꾼이 쫓아와요."

사슴은 바들바들 떨면서 나무꾼에게 애원했습니다. 나무꾼은 사슴을 나뭇단 속에 얼른 숨겨 주었습니다.

잠시 후, 수염이 덥수룩하고 험상궂게 생긴 사냥꾼이 헐레벌떡 달려왔습니다.

"여보시오. 이쪽으로 사슴 한 마리 달려오지 않았소?"

"아, 방금 저쪽으로 갔소이다."

사냥꾼은 나무꾼이 가리키는 쪽으로 후다닥 달려갔습니다.

"자, 이제 안심하고 나오너라. 사냥꾼은 멀리 가 버렸단다."

나뭇단 속에서 나온 사슴은 나무꾼에게 몇 번이나 고맙다고 인사를 했습니다.

The deer sat down in front of him and said, "I want to repay you for your kindness. Tell me if there is anything you wish, and I will try to get it for you."

The woodcutter blushed and said, "I want to find a nice maiden to be my wife."

"On top of this mountain is a pond where heavenly maidens bathe," said the deer. "Go there and wait for them to fly down from heaven. When they are not looking, hide one of the feathered robes. When she finds out that she can no longer fly back up to heaven, she'll agree to become your wife. Please remember that you shouldn't show her dress until you have four children."

The deer then disappeared into the forest.

"아저씨, 은혜를 갚고 싶어요. 소원이 있다면 말해 보세요."

사슴이 나무꾼에게 다가와 말했습니다.

"내 아내가 되어 줄 좋은 처자를 만나고 싶구나."

나무꾼이 얼굴을 붉히며 말했습니다.

"이 산꼭대기에 하늘나라 선녀들이 내려와 목욕하는 연못이 있습니다. 그곳에 가서 선녀들이 내려오기를 기다렸다가 몰래 한 선녀의 날개옷을 감추세요. 하늘로 올라가지 못한 선녀는 아저씨의 아내가 될 것입니다. 그리고 아이 넷을 낳을 때까지 절대로 날개옷을 보여 주지 마세요."

사슴은 이렇게 일러주고 숲속으로 사라졌습니다.

The woodcutter hurried to the pond. He waited for heavenly maidens to fly down from the sky.

After a short while, a group of heavenly maidens, each wearing a set of dress, fluttered softly down from the sky.

The woodcutter hid and waited for a chance to sneak over to steal a dress that one of the heavenly maidens had left on the shore while bathing.

When the heavenly maidens were done bathing, each one grabbed her dress and floated up to the sky.

But one of them couldn't find her dress. She couldn't do anything but gaze around to find her dress.

Finally, the woodcutter walked up to her. "Don't be alarmed," he said. "I have hidden your dress. I will give them back to you if you become my wife."

나무꾼은 단숨에 연못으로 달려가 선녀들이 내려오기를 기다렸습니다.

조금 뒤 하늘에서 예쁜 선녀들이 날개옷을 펄럭이며 내려왔습니다.

나무꾼은 숨어 있다가 선녀들이 연못가에 벗어 둔 날개옷 중 한 벌을 슬쩍 감추었습니다.

목욕을 마친 선녀들은 각자 날개옷을 찾아 입고 두둥실 하늘로 올라갔습니다.

그런데 한 선녀만 날개옷이 없어져 두리번거리며 찾고 있었습니다.

마침내 나무꾼은 그 선녀에게 다가갔습니다.

"놀라지 마시오. 날개옷은 내가 감추었소. 나의 아내가 되어 준다면 돌려 드리겠소."

The heavenly maiden had no choice but to marry the woodcutter.

Time went by, and almost before they knew it, the heavenly maiden had given birth to their third beautiful child.

Every day, the woodcutter's cottage was filled with laughter and happiness.

But the heavenly maiden missed her home in the sky. She cried and cried.

One day, she said to the woodcutter, "My dear husband, would you please let me look at my beautiful dress just once?"

The woodcutter felt sorry for her. So he took the dress out from where he had hidden them.

신녀는 할 수 없이 나무꾼과 결혼을 했습니다.

어느덧 세월이 흘러 선녀는 예쁜 셋째 아기를 낳았습니다.

나무꾼의 집은 웃음소리가 끊이지 않았습니다.

그러나 선녀는 이따금 하늘나라가 그리워 눈물을 흘렸습니다.

어느 날 선녀는 나무꾼에게 말했습니다.

"여보, 제 날개옷을 딱 한 번만 보여 주면 안 될까요?"

나무꾼은 선녀가 너무 가여워 깊이 감춰 두었던 날개옷을 꺼내 주었습니다.

"Oh, my! My dress," the maiden exclaimed as she held them in her arms.

Then, completely forgetting herself, she put on the dress. "Now, at last, I can return to my home in heaven," she shouted in glee.

She held one of the children in each arm and the other one between her knees and floated gently up into the sky.

The woodcutter cried out after them, "Wife! Wife! Children! Come back!"

But the only thing that came back was the echo of the woodcutter's sad voice.

"아! 내가 입던 날개옷!"

선녀는 탄성을 지르며 날개옷을 끌어안았습니다.

그리고 자신도 모르게 날개옷을 입었습니다.

"이제 드디어 하늘나라로 돌아갈 수 있어."

선녀는 기뻐하며 두 아이를 양팔에 한 명씩 안았습니다. 남은 한 아이는 다리 사이에 끼고 스르르 하늘로 떠올랐습니다.

"여보, 여보, 애들아! 돌아와다오!"

나무꾼이 쫓아가며 애타게 불렀지만 돌아오는 건 나무꾼의 슬픈 메아리뿐이었습니다.

The woodcutter, now all alone, returned to the pond in the forest. "I wonder what my lovely wife is doing now...," said he between sobs.

Then he heard a voice say, "Hello, Mr. woodcutter." He looked around and saw the deer that he had saved long ago.

The deer looked at him and said, "The heavenly maidens no longer come to the pond to bathe. Instead, they drop down a bucket on a rope to the pond to pull water up to heaven. In a little while, the rope will be lowered to the pond. If you want, you can ride it up to heaven."

The deer then disappeared, just as before, into the forest.

홀로 남은 나무꾼은 숲속 연못가에 나와 쓸쓸히 앉아 있었습니다.

"아내는 지금 무얼 하고 있을까⋯⋯."

나무꾼은 흑흑 흐느끼며 말했습니다.

"여보세요, 나무꾼 아저씨!"

누군가 부르는 소리에 주위를 둘러보니, 오래전에 목숨을 구해 준 사슴이 서 있었습니다.

"이제 하늘나라 선녀들은 연못에 내려와 목욕하지 않아요. 대신 두레박을 떨어뜨려 물을 길어 가지요. 조금 뒤 이 연못으로 두레박이 내려올 테니, 그 두레박을 타고 하늘로 올라가세요."

사슴은 이렇게 말하고 또다시 전처럼 숲속으로 사라져 버렸습니다.

The woodcutter cried out in excitement, "I will see my dear wife and children once more after all!"

After a short time, the day grew dark as evening came. A big bucket tied to the end of a rope dropped down from the sky.

The woodcutter quickly crawled into the bucket. Then, the bucket began to go up slowly.

The woodcutter looked down at the ground, which was growing dim in the darkness and the distance.

"이제 사랑하는 아내와 아이들을 만날 수 있겠구나!"

나무꾼은 신이 나서 소리쳤습니다.

이윽고 날이 저물자, 하늘에서 커다란 두레박이 밧줄에 묶여 스르르 내려왔습니다.

나무꾼은 얼른 두레박 안에 기어 들어가 앉았습니다. 그러자 두레박은 천천히 하늘로 올라가기 시작했습니다.

나무꾼은 까마득히 멀어지는 땅을 내려다보았습니다.

He shut his eyes tightly.

나무꾼은 두 눈을 꼭 감았습니다.

As soon as the woodcutter arrived in heaven, he was taken to the king.
The woodcutter kneeled and told the king all that had passed.
The king praised the woodcutter for his kindness and courage.
And he let him meet his wife and children.
When his wife saw him, she cried tears of happiness.

나무꾼은 하늘나라에 닿자마자 임금님에게 끌려갔습니다.
임금님 앞에 꿇어 앉은 나무꾼은 지난 일을 모두 이야기했습니다.
이야기를 다 듣고 난 임금님은 나무꾼의 착한 마음씨와 용기를 칭찬했습니다.
그리고 선녀와 아이들을 만나게 해 주었습니다.
나무꾼을 본 선녀는 기쁨의 눈물을 흘렸습니다.

The woodcutter lived happily in heaven with his wife and children.

But whenever he thought of his mother living all by herself, he became sad and worried. "I wonder if Mother is all right. I hope that there's nothing wrong," he would say to himself.

One day, he told his wife, "I want to go home and see my Mother."

His wife thought for a second and then told him. "I know how you must feel. But if you go down to the earth, you will not be allowed to come back to heaven."

나무꾼은 아내와 아이들과 함께 하늘나라에서 행복하게 살았습니다.

그러나 땅에 홀로 남겨 둔 어머니가 떠오를 때마다 늘 마음이 아프고 걱정되었습니다.

"어머니는 어떻게 지내실까? 편안히 잘 계셔야 할 텐데……."

어느 날 나무꾼은 선녀에게 말했습니다.

"여보, 집에 가서 어머니를 한 번 뵙고 싶소."

선녀는 잠시 생각을 하고는 말했습니다.

"당신 마음은 잘 알겠어요. 그렇지만 땅에 내려가면 다시 이곳으로 돌아올 수 없을 거예요."

But the woodcutter could think only of returning home. His wife also worried about his poor Mother, whom she had grown to love.

One day, she sent for a dragon horse and gave it to the woodcutter. She told him, "This horse can fly, so it can take you back to your house. But you must not ever get down. If your foot touches the ground, you will not be able to return to heaven."

The woodcutter leaped up onto the dragon horse's back. It soared down to the earth as fast as the wind.

그러나 나무꾼은 집으로 돌아갈 궁리만 했습니다. 선녀도 정든 어머니가 걱정스러웠습니다.

어느 날, 선녀는 용마 한 마리를 나무꾼에게 구해 주었습니다.

"여보, 이 말은 날 수가 있으니, 당신을 집에 데려다 줄 거예요. 그러나 어떤 일이 있어도 절대 말에서 내리면 안 돼요. 발이 땅에 닿으면 다시는 하늘나라로 돌아올 수 없어요."

나무꾼이 훌쩍 용마에 올라타자 용마는 바람처럼 날아서 땅으로 내려갔습니다.

When the woodcutter's mother saw him, she cried tears of joy. "Come into the house," she told him.

But he said, "Mother, I don't dare get down from this horse. If my foot touches the ground, I will not be able to see my wife or children ever again."

"Well," his mother said in an understanding tone. "At least let me give you some of the squash porridge you like so much. It's fresh off the stove." She went into the kitchen and came out with a big steaming bowl of porridge.

But when she gave him the bowl, the woodcutter yelled, "Ouch! It's too hot." And he dropped the whole bowl of hot porridge on the horse's back.

집으로 돌아온 나무꾼을 보자 어머니는 눈물을 흘리며 기뻐했습니다.

"어서 안으로 들어가자."

"어머니, 저는 말에서 내릴 수 없어요. 제가 땅을 밟으면 다시는 아내와 아이들을 볼 수 없게 됩니다."

"할 수 없구나, 마침 네가 좋아하는 호박죽을 쑤었으니 그거라도 먹고 가렴."

어머니는 부엌에 들어가 김이 펄펄 나는 죽을 한 대접 갖고 나왔습니다.

그런데 죽 그릇을 받아 든 나무꾼이 소리를 질렀습니다.

"앗! 뜨거워."

나무꾼은 뜨거운 죽을 전부 말 등에 엎지르고 말았습니다.

The dragon horse also thought the porridge was too hot. It reared up and bolted, throwing the woodcutter smack onto the ground.

The dragon horse let out a long neigh and disappeared into the sky.

The woodcutter got up and looked into the sky with a dazed expression.

From that time on, he spent most of his time gazing at heaven.

After a while the woodcutter died. Everyday a rooster stood on the roof of his cottage and cried out, "Cock-a-doodle-doo."

People say that the woodcutter's spirit went into the body of the rooster.

용마는 너무 뜨거워서 뒷다리로 서고 날뛰다가 그만 나무꾼을 땅 위에 털썩 떨어뜨리고 말았습니다.

용마는 히힝 하고 길게 울더니, 하늘로 사라졌습니다.

나무꾼은 땅바닥에서 일어나 멍하니 하늘을 쳐다보았습니다.

그때부터 나무꾼은 매일 하늘만 쳐다보았습니다.

나무꾼이 죽고 얼마 있다가, 수탉 한 마리가 매일 나무꾼의 초가집 지붕 위에 올라가서 울기 시작하였습니다.

"꼬끼오……."

그것을 보고 사람들은 나무꾼의 넋이 수탉에게 옮겨 갔다고 말합니다.

The Firedogs

A long, long time ago, way up high in the heavens, there was a strange land called Black Country. The Black Country didn't have any light at all, so it was dark all the time.

The king of the Black Country wanted to live like other people, in a land that was filled with light.

"Oh, I feel very sad. My country is so dark that I can't see a single thing. If only the sun shone here, it would be a nice place. Even a pale moon shining in the sky would take away some of my sadness," said the king sadly to himself as he stumbled through his kingdom.

불개

아주 먼 옛날, 하늘 높은 곳에 까막나라라는 이상한 나라가 있었습니다. 까막나라는 빛이 한 점도 없어 언제나 깜깜했습니다.

까막나라 임금님은 다른 나라 사람들처럼 빛이 가득한 밝은 나라에서 살고 싶었습니다.

"오, 슬프도다! 나라가 온통 깜깜하니 아무것도 볼 수가 없구나. 해가 있으면 좋을 텐데. 아니 희미한 달빛이라도 비춰 준다면 이렇게 슬프지는 않을 텐데……."

임금님은 나라 이곳저곳을 비틀거리며 걷다가 슬프게 말했습니다.

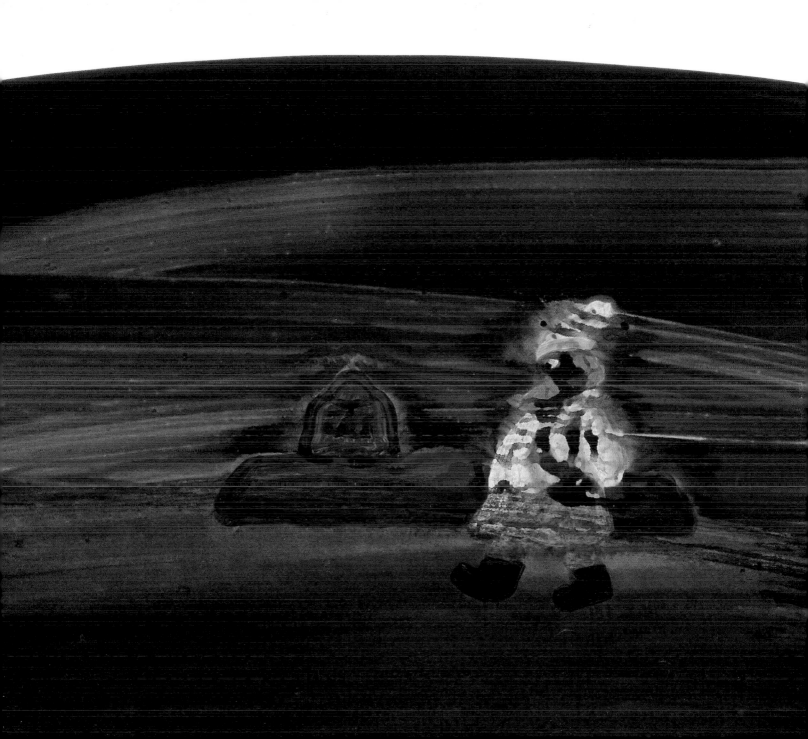

The king thought hard and long. Finally, he slapped his knee. "That's it!" he exclaimed. "The firedogs can help. Why didn't I think of them before?"

In the Black Country lived fierce, clever animals called firedogs.

The king summoned the strongest and cleverest of them. "Firedog," he said. "This country is so dark that it's almost impossible to live here. So I want you to steal the sun and bring it here."

"Yes, my Lord. I will bring you the sun," replied the firedog, and he dashed off as quick as an arrow in the direction of the sun.

임금님은 한참 동안 골똘히 생각했습니다.

마침내 무릎을 탁 치며 외쳤습니다.

"옳지, 불개가 있었지! 왜 진작 그 생각을 못 했지?"

까막나라에는 사납고 영리한 불개들이 있었습니다.

임금님은 그중 가장 힘이 세고 영리한 불개를 불렀습니다.

"불개야, 나라 안이 어두워서 살 수가 없구나. 그러니 네가 가서 해를 훔쳐 오너라."

"네, 임금님. 제가 꼭 해를 가져오겠습니다."

불개는 해를 향하여 쏜살같이 날아갔습니다.

He flew without rest for several days and finally reached the place where the sun lived.

The sun simmered in flames as it shot forth bright beams of light.

The firedog was a bit frightened, but he remembered what the king had ordered him to do. He closed both eyes tight and bit down hard on the sun.

"Ouch! It's too hot!" he shouted and let go of the burning sun.

The fierce firedog's eyes glared with determination. He bit down on the sun again.

"Ouch! Ow!" he cried as he let go of the sun a second time.

불개는 며칠 동안 쉬지 않고 날아서 드디어 해가 있는 곳에 닿았습니다.

해는 밝은 빛을 쏟아 내며 지글지글 타오르고 있었습니다.

불개는 조금 겁이 나긴 했지만 임금님의 명령을 떠올리며, 두 눈을 꼭 감고 해를 덥석 물었습니다.

"앗! 뜨거워!"

불개는 소리를 지르며 불타는 해를 뱉어 냈습니다.

사나운 불개의 눈은 굳은 결의로 빛났습니다. 불개는 다시 한 번 해를 물었습니다.

"앗!"

불개는 소리치며 또다시 해를 뱉고 말았습니다.

The firedog, now covered with sweat, bit the sun again and again, but each time he had to let go.

Finally, he gave up and went back to the Black Country empty-handed.

When the king saw the weary firedog returning without the sun, he yelled at it. "You should be ashamed to come back without anything. If you couldn't steal the sun, you could have at least stolen the moon."

The firedog bowed his head in shame. "Yes, my Lord, this time I will bring the moon to you." The firedog then set out at once in the direction of the moon.

불개는 땀을 뻘뻘 흘리며 해를 몇 번이고 물었지만 번번이 뱉어 낼 수밖에 없었습니다.

결국 포기한 불개는 빈손으로 돌아왔습니다.

임금님은 해는 가져오지 못하고, 기진맥진해 있는 불개를 크게 꾸짖었습니다.

"빈손으로 돌아오다니 부끄러운 줄 알아라. 해를 훔쳐 오지 못하겠으면 달이라도 훔쳐 왔어야지!"

불개는 부끄러워하며 고개를 떨구었습니다.

"네, 임금님. 이번엔 반드시 달을 가지고 돌아오겠습니다."

불개는 즉시 달을 향해 날아갔습니다.

The moon was shining brightly, like a big ball of snow. The firedog rushed up to it and bit down hard, "Ouch. It's too cold," he cried, letting go of the moon.

But he remembered his promise to the king. "I can't go back empty-handed again," he thought. So he bit down once more, only to let go again immediately, just like before.

The moon was just too cold for him to hold in his mouth. The firedog's teeth felt like ice.

Finally, and with great reluctance, he gave up. The firedog returned to the Black Country with his tail between his legs and his head bowed in shame.

The king was very upset.

달은 커다란 눈덩이처럼 밝게 빛나고 있었습니다. 불개는 얼른 달려들어 달을 물었습니다.

"앗, 차가워!"

불개는 소리치며 달을 뱉었습니다.

"또다시 빈손으로 돌아갈 수는 없지."

임금님과 한 약속을 떠올리며 다시 달을 물었지만, 물자마자 전처럼 뱉어 내고 말았습니다.

달이 어찌나 차가운지 도저히 입으로 물 수가 없었습니다. 불개의 이빨은 얼음장 같았습니다.

결국 어쩔 수 없이 포기한 불개는 부끄러워 고개를 푹 숙이고, 꼬리를 축 늘어뜨리고 까막 나라로 돌아왔습니다.

임금님은 몹시 답답했습니다.

The Black Country was still just as dark as it had been before.

The king summoned other firedogs. "Bring me the sun," he told each one. When each failed, the king would shout, "Bring me the moon!"

Each firedog would dash off like an arrow in the direction of the sun or the moon, but each one came back empty-handed.

The people of the Black Country waited with expectation for the day when one of the firedogs would fetch the sun or the moon.

까막나라는 여전히 깜깜했습니다.

임금님은 다른 불개들을 불러 명령했습니다.

"가서 해를 가져 오너라."

다른 불개들이 매번 실패하고 돌아올 때마다 임금님은 소리쳤습니다.

"달이라도 훔쳐 오너라."

불개들은 해로 달로 쏜살같이 날아갔지만 번번이 빈손으로 돌아왔습니다.

까막나라 사람들은 이제나저제나 불개들 중 누구 하나가 해나 달을 물고 돌아오기만을 애타게 기다렸습니다.

The king knew how hard it was to steal the sun and the moon, but he still kept sending the firedogs. The firedogs would fly for many days until they reached the sun or the moon. Each time they would bite down hard. Sometimes they would even be able to get the entire sun or the whole moon into their mouth. However, every time it was just too hot or too cold and they would have to spit it out again and return to the Black Country with nothing.

Even today, the firedogs bite the sun and the moon and try to take them back to the Black Country. When the sun suddenly becomes dark at midday and then gets bright again, or when the moon suddenly vanishes at night and then appears again, it is because the firedogs are biting them.

Even now, the Black Country is as dark as ever.

임금님은 해와 달을 훔쳐 오기가 얼마나 어려운지 잘 알고 있었지만 계속해서 불개들을 보냈습니다. 불개들은 며칠을 날아가서 해와 달을 물었습니다. 가끔 어떤 불개들은 해나 달을 통째로 입속에 넣기도 했지만 너무 뜨겁고 차가워서 도로 뱉어 내고 빈손으로 돌아가곤 했습니다.

지금까지도 불개들은 해와 달을 물어서 까막나라에 가져가려고 합니다. 대낮에 갑자기 어두워졌다가 다시 밝아지고, 밤에 달이 사라졌다가 다시 나타나는 것은 불개들이 해와 달을 물기 때문입니다.

까막나라는 오늘도 여전히 깜깜하답니다.